Joseph von Eichendorff

Das Schloss Dürande

Leseklassiker

Joseph von Eichendorff

Das Schloss Dürande

ISBN/EAN: 9783955631291

Auflage: 1

Erscheinungsjahr: 2013

Erscheinungsort: Bremen, Deutschland

Das Schloß Dürande

von

Joseph Freiherrn v. Eichendorff

Carl Flemming und C. T. Wiskott AG.
Berlin

Die Drei-Bogen-Bücher
Herausgeber Carl Ferdinands

Den Bildschmuck dieses Buches zeichnete
A. O. Hoffmann

In der schönen Provence liegt ein Tal zwischen waldigen Bergen, die Trümmer des alten Schlosses Dürande sehen über die Wipfel in die Einsamkeit hinein; von der anderen Seite erblickt man weit unten die Türme der Stadt Marseille; wenn die Luft von Mittag kommt, klingen bei klarem Wetter die Glocken herüber, sonst hört man nichts von der Welt. In diesem Tale stand ehemals ein kleines Jägerhaus, man sah's vor Blüten kaum, so überwaldet war's und weinumrankt bis an das Hirschgeweih über dem Eingange: in stillen Nächten, wenn der Mond hell schien, kam das Wild oft weidend bis auf die Waldeswiese vor der Tür. Dort wohnte dazumal der Jäger Renald, im Dienste des alten Grafen Dürande, mit seiner jungen Schwester Gabriele ganz allein, denn Vater und Mutter waren lange gestorben.

In jener Zeit nun geschah es, daß Renald einmal an einem schwülen Sommerabende, rasch von den Bergen kommend, sich nicht weit von dem Jägerhause mit seiner Flinte an den Saum des Waldes stellte. Der Mond beglänzte die Wälder, es war so unermeßlich still, nur die Nachtigallen schlugen tiefer im Tale, manchmal hörte man einen Hund bellen aus den Dörfern oder den Schrei des Wildes im Walde. Aber er achtete nicht darauf, er hatte heute ein ganz anderes Wild auf dem Korn. Ein junger fremder Mann, so hieß es, schleiche abends heimlich zu seiner Schwester, wenn er selber weit im Forste; ein alter Jäger hatte es ihm gestern vertraut, der wußte es vom Waldhüter, dem hatte es ein Köhler gesagt. Es war ihm ganz unglaublich, wie sollte sie zu der Bekanntschaft gelangt sein? Sie kam nur Sonntags in die Kirche, wo er sie niemals aus den Augen verlor. Und doch wurmte ihn das Gerede, er konnte sich's nicht aus dem Sinn schlagen, er wollte endlich Gewißheit haben. Denn der Vater hatte sterbend ihm das Mädchen auf die Seele gebunden, er hätte sein Herzblut gegeben für sie.

So drückte er sich lauernd an die Bäume im wechselnden Schatten, den die vorüberfliegenden Wolken über den stillen Grund warfen. Auf einmal aber hielt er den Atem an, es regte sich am Hause, und zwischen den Weinranken schlüpfte eine schlanke Gestalt hervor; er erkannte sogleich seine Schwester an

1*

dem leichten Gange; o mein Gott, dachte er, wenn alles nicht wahr wäre! Aber in demselben Augenblicke streckte sich ein langer, dunkler Schatten neben ihr über den mondbeschienenen Rasen, ein hoher Mann trat rasch aus dem Hause, dicht in einen schlechten, grünen Mantel gewickelt, wie ein Jäger. Er konnte ihn nicht erkennen, auch sein Gang war ihm durchaus fremd; es flimmerte ihm vor den Augen, als könnte er sich in einem schweren Traume noch nicht recht besinnen.

Das Mädchen aber, ohne sich umzusehen, sang mit fröhlicher Stimme, daß es dem Renald wie ein Messer durchs Herz ging:

„Ein' Gems auf dem Stein,
Ein Vogel im Flug,
Ein Mädel, das klug,
Kein Bursch holt die ein!"

„Bist du toll!" rief der Fremde, rasch hinzuspringend.

„Es ist dir schon recht," entgegnete sie lachend, „so werd' ich dir's immer machen; wenn du nicht artig bist, sing' ich aus Herzensgrund." Sie wollte von neuem singen, er hielt ihr aber voll Angst mit der Hand den Mund zu. Da sie so nahe vor ihm stand, betrachtete sie ihn ernsthaft im Mondscheine. „Du hast eigentlich recht falsche Augen," sagte sie; „nein, bitte mich nicht wieder so schön, sonst sehen wir uns niemals wieder, und das tut uns beiden leid. — Herr Jesus!" schrie sie auf einmal, denn sie sah plötzlich den Bruder hinterm Baume nach dem Fremden zielen. — Da, ohne sich zu besinnen, warf sie sich hastig dazwischen, so daß sie, den Fremden umklammernd, ihn ganz mit ihrem Leibe bedeckte. Renald zuckte, da er's sah, aber es war zu spät, der Schuß fiel, daß es tief durch die Nacht widerhallte. Der Unbekannte richtete sich in dieser Verwirrung hoch empor, als wäre er plötzlich größer geworden, und riß zornig ein Taschenpistol aus dem Mantel; da kam ihm auf einmal das Mädchen so bleich vor, er mußte nicht, war es vom Mondlichte oder vom Schreck. „Um Gottes willen," sagte er, „bist du getroffen?"

„Nein, nein," erwiderte Gabriele, ihm unversehens und herzhaft das Pistol aus der Hand windend, und drängte ihn heftig

4

fort. „Dorthin," flüsterte sie, „rechts über den Steg am Fels, nur fort, schnell fort!"

Der Fremde war schon zwischen den Bäumen verschwunden, als Renald zu ihr trat. „Was machst du da für dummes Zeug!" rief sie ihm entgegen und verbarg rasch Arm und Pistol unter der Schürze. Aber die Stimme versagte ihr, als er nun dicht vor ihr stand und sie sein bleiches Gesicht bemerkte. Er zitterte am ganzen Leibe, und auf seiner Stirn zuckte es zuweilen, wie wenn es von fern blitzte. Da gewahrte er plötzlich einen blutigen Streif an ihrem Kleide. „Du bist verwundet," sagte er erschrocken, und doch war's, als würde ihm wohler beim An- blicke des Blutes; er wurde sichtbar milder und führte sie schweigend in das Haus. Dort machte er schnell Licht an, es fand sich, daß die Kugel ihr nur leicht den rechten Arm gestreift; er trocknete und verband die Wunde, sie sprachen beide kein Wort miteinander. Gabriele hielt den Arm fest hin und sah trotzig vor sich nieder, denn sie konnte gar nicht begreifen, warum er böse sei; sie fühlte sich so rein von aller Schuld, nur die Stille jetzt unter ihnen wollte ihr das Herz abdrücken, und sie atmete tief auf, als er endlich fragte: wer es gewesen. — Sie beteuerte nun, daß sie das nicht wisse, und erzählte, wie er an einem schönen Sonntagsabende, als sie eben allein vor der Tür gesessen, zum ersten Male von den Bergen gekommen und sich zu ihr gesetzt und dann am folgenden Abende wieder und immer wieder gekommen und wenn sie ihn fragte, wer er sei, nur lachend gesagt: ihr Liebster.

Unterdes hatte Renald unruhig ein Tuch aufgehoben und das Pistol entdeckt, das sie darunter verborgen hatte. Er erschrak auf das heftigste und betrachtete es dann aufmerksam von allen Seiten. — „Was hast du damit?" fragte sie erstaunt; „wem gehört es?" Da hielt er's ihr plötzlich funkelnd am Lichte vor die Augen: „Und du kennst ihn wahrhaftig nicht?"

Sie schüttelte mit dem Kopfe.

„Ich beschwöre dich bei allen Heiligen," hob er wieder an, „sag' mir die Wahrheit."

Da wandte sie sich auf die andere Seite. „Du bist heute rasend," erwiderte sie, „ich will dir gar keine Antwort mehr geben."

7

Das schien ihm das Herz leichter zu machen, daß sie ihren Liebsten nicht kannte, er glaubte es ihr, denn sie hatte ihn noch niemals belogen. Er ging nun einigemal finster in der Stube auf und nieder. „Gut, gut," sagte er dann, „meine arme Gabriele, so mußt du gleich morgen zu unserer Muhme ins Kloster; mach' dich zurecht, morgen, ehe der Tag graut, führ' ich dich hin." Gabriele erschrak innerlichst, aber sie schwieg und dachte: kommt Tag, kommt Rat. Renald aber steckte das Pistol zu sich und sah noch einmal nach ihrer Wunde, dann küßte er sie noch herzlich zur guten Nacht.

Als sie endlich allein in ihrer Schlafkammer war, setzte sie sich angekleidet aufs Bett und versank in ein tiefes Nachsinnen. Der Mond schien durchs offene Fenster auf die Heiligenbilder an der Wand, im stillen Gärtchen draußen zitterten die Blätter in den Bäumen. Sie wand ihre Haarflechten auf, daß ihr die Locken über Gesicht und Achseln herabrollten, und dachte vergeblich nach, wen ihr Bruder eigentlich im Sinne habe und warum er vor dem Pistol so sehr erschrocken — es war ihr alles wie im Traume. Da kam es ihr ein paarmal vor, als ginge draußen jemand sachte ums Haus. Sie lauschte am Fenster, der Hund im Hofe schlug an, dann war alles wieder still. Jetzt bemerkte sie erst, daß auch ihr Bruder noch wach war; anfangs glaubte sie, er rede im Schlafe, dann aber hörte sie deutlich, wie er auf seinem Bette vor Weinen schluchzte. Das wandte ihr das Herz, sie hatte ihn noch niemals weinen gesehen, es war ihr nun selber, als hätte sie etwas verbrochen. In dieser Angst beschloß sie, ihm seinen Willen zu tun; sie wollte wirklich nach dem Kloster gehen, die Priorin war ihre Muhme, der wollte sie alles sagen und sie um ihren Rat bitten. Nur das war ihr unerträglich, daß ihr Liebster nicht wissen sollte, wohin sie gekommen. Sie wußte wohl, wie herzhaft er war und besorgt um sie; der Hund hatte vorhin gebellt, im Garten hatte es heimlich geraschelt wie Tritte, wer weiß, ob er nicht nachsehen wollte, wie es ihr ging nach dem Schrecken. — Gott, dachte sie, wenn er noch draußen stünd'! — Der Gedanke verhielt ihr fast den Atem. Sie schnürte sogleich eilig ihr Bündel, dann schrieb sie für ihren Bruder mit Kreide auf den Tisch, daß sie noch heute allein ins Kloster fortgegangen.

Die Türen waren nur angelehnt, da schlich sie vorsichtig und leise aus der Kammer über den Hausflur in den Hof, der Hund sprang freundlich an ihr herauf, sie hatte Not, ihn am Pförtchen zurückzuweisen; so trat sie endlich mit klopfendem Herzen ins Freie.

Draußen schaute sie sich tief aufatmend nach allen Seiten um, ja, sie wagte es sogar, noch einmal bis an den Gartenzaun zurückzugehen, aber ihr Liebster war nirgend zu sehen, nur die Schatten der Bäume schwankten ungewiß über den Rasen. Zögernd betrat sie nun den Wald und blieb immer wieder stehen und lauschte; es war alles so still, daß ihr graute in der großen Einsamkeit. So mußte sie nun endlich doch weiter gehen und zürnte heimlich im Herzen auf ihren Schatz, daß er sie in ihrer Not so zaghaft verlassen. Seitwärts im Tale aber lagen die Dörfer in tiefer Ruhe. Sie kam am Schlosse des Grafen Dürande vorbei, die Fenster leuchteten im Mondschein herüber, im herrschaftlichen Garten schlugen die Nachtigallen und rauschten die Wasserkünste; das kam ihr so traurig vor, sie sang für sich das alte Lied:

> „Gut' Nacht, mein Vater und Mutter,
> Wie auch mein stolzer Bruder,
> Ihr seht mich nimmermehr!
> Die Sonne ist untergegangen
> Im tiefen, tiefen Meer."

* * *

Der Tag dämmerte noch kaum, als sie endlich am Abhange der Waldberge bei dem Kloster anlangte, das mit verschlossenen Fenstern, noch wie träumend, zwischen kühlen, duftigen Gärten lag. In der Kirche aber sangen die Nonnen soeben ihre Metten durch die weite Morgenstille, nur einzelne, früh erwachte Lerchen draußen stimmten schon mit ein in Gottes Lob. Gabriele wollte abwarten, bis die Schwestern aus der Kirche zurückkämen, und setzte sich unterdes auf die breite Kirchhofsmauer. Da fuhr ein zahmer Storch, der dort übernachtet, mit seinem langen Schnabel unter den Flügeln hervor und sah sie mit den klugen Augen verwundert an; dann schüttelte er in der Kühle sich die Federn auf und wandelte mit stolzen Schritten wie eine Schildwacht

den Mauerkranz entlang. Sie aber war so müde und überwacht, die Bäume über ihr säuselten noch so schläfrig, sie legte
den Kopf auf ihr Bündel und schlummerte unter den Blüten ein,
womit die alte Linde sie bestreute.

Als sie aufwachte, sah sie eine hohe Frau in faltigen Gewändern über sich gebeugt, der Morgenstern schimmerte durch
ihren langen Schleier, es war ihr, als hätt' im Schlafe die
Mutter Gottes ihren Sternenmantel um sie geschlagen. Da
schüttelte sie erschrocken die Blütenflocken aus dem Haare und
erkannte ihre geistliche Muhme, die zu ihrer Verwunderung, als
sie aus der Kirche kam, die Schlafende auf der Mauer gefunden.
Die Alte sah ihr freundlich in die schönen, frischen Augen. „Ich
hab' dich gleich daran erkannt," sagte sie, „als wenn mich deine
selige Mutter ansähe!" — Nun mußte sie ihr Bündel nehmen,
und die Priorin schritt eilig ins Kloster voraus; sie gingen durch
kühle, dämmernde Kreuzgänge, wo soeben noch die weißen Gestalten einzelner Nonnen wie Geister vor der Morgenluft lautlos
verschlüpften. Als sie in die Stube traten, wollte Gabriele
sogleich ihre Geschichte erzählen, aber sie kam nicht dazu. Die
Priorin, so lange wie auf eine selige Insel verschlagen, hatte so
viel zu erzählen und zu fragen von dem jenseitigen Ufer ihrer
Jugend und konnte sich nicht genug verwundern, denn alle
ihre Freunde waren seitdem alt geworden oder tot, und eine
andere Zeit hatte alles verwandelt, die sie nicht mehr verstand.
Geschäftig in redseliger Freude strich sie ihrem lieben Gaste die
Locken aus der glänzenden Stirn wie einem kranken Kinde, holte
aus einem altmodischen, künstlich geschnitzten Wandschranke
Rosinen und allerlei Naschwerk und fragte und plauderte immer
wieder. Frische Blumensträuße standen in bunten Krügen am
Fenster, ein Kanarienvogel schmetterte gellend dazwischen, denn
die Morgensonne funkelte draußen schon durch die Wipfel und
vergoldete wunderbar die Zelle, das Betpult und die schwer-
gewirkten Lehnstühle; Gabriele lächelte fast betroffen wie in eine
neue, ganz fremde Welt hinein.

Noch an demselben Tage kam auch Renald zum Besuche; sie
freute sich außerordentlich, es war ihr, als hätte sie ihn ein Jahr
lang nicht gesehen. Er lobte ihren raschen Entschluß von heute

10

nacht und sprach dann viel und heimlich mit der Priorin; sie horchte ein paarmal hin, sie hätte so gern gewußt, wer ihr Geliebter sei, aber sie konnte nichts erfahren. Dann mußte sie auch wieder heimlich lachen, daß die Priorin so geheimnisvoll tat, denn sie merkt' es wohl, sie wußt' es selber nicht. — Es war indes beschlossen worden, daß sie fürs erste noch im Kloster bleiben sollte. Renald war zerstreut und eilig, er nahm bald wieder Abschied und versprach, sie abzuholen, sobald die rechte Zeit gekommen.

Aber Woche auf Woche verging, und die rechte Zeit war noch immer nicht da. Auch Renald kam immer seltener und blieb endlich ganz aus, um dem ewigen Fragen seiner Schwester nach ihrem Schatze auszuweichen, denn er konnte oder mochte ihr nichts von ihm sagen. Die Priorin wollte die arme Gabriele trösten, aber sie hatt' es nicht nötig, so wunderbar war das Mädchen seit jener Nacht verwandelt. Sie fühlte sich, seit sie von ihrem Liebsten getrennt, als seine Braut vor Gott, der wolle sie bewahren. Ihr ganzes Dichten und Trachten ging nun darauf, ihn selber auszukundschaften, da ihr niemand beistand in ihrer Einsamkeit. Sie nahm sich daher eifrig der Klosterwirtschaft an, um mit den Leuten in der Gegend bekannt zu werden; sie ordnete alles in Küche, Keller und Garten, alles gelang ihr, und wie sie so sich selber half, kam eine stille Zuversicht über sie wie Morgenrot, es war ihr immer, als müßt' ihr Liebster plötzlich einmal aus dem Walde zu ihr kommen.

Damals saß sie eines Abends noch spät mit der jungen Schwester Renate am offenen Fenster der Zelle, aus dem man in den stillen Klostergarten und über die Gartenmauer weit ins Land sehen konnte. Die Heimchen zirpten unten auf den frischgemähten Wiesen, überm Walde blitzte es manchmal aus weiter Ferne. „Da läßt mein Liebster mich grüßen," dachte Gabriele bei sich. — Aber Renate blickte verwundert hinaus; sie war lange nicht wach gewesen um diese Zeit. „Sieh nur," sagte sie, „wie draußen alles anders aussieht im Mondscheine, der dunkle Berg drüben wirft seinen Schatten bis an unser Fenster, unten erlischt ein Lichtlein nach dem anderen im Dorfe. Was schreit da für ein Vogel?" — „Das ist das Wild im Walde," meinte Gabriele.

11

„Wie du auch so allein im Dunkeln durch den Wald gehen kannst," sagte Renate wieder; „ich stürbe vor Furcht. Wenn ich so manchmal durch die Scheiben hinaussehe in die tiefe Nacht, dann ist mir immer so wohl und sicher in meiner Zelle wie unterm Mantel der Mutter Gottes."

„Nein," entgegnete Gabriele, „ich möcht' mich gern einmal bei Nacht verirren recht im tiefsten Walde, die Nacht ist wie im Traume so weit und still, als könnt' man über die Berge reden mit allen, die man liebt in der Ferne. Hör' nur, wie der Fluß unten rauscht und die Wälder, als wollten sie auch mit uns sprechen und könnten nur nicht recht! — Dabei fällt mir immer ein Märchen ein, ich weiß nicht, hab' ich's gehört oder hat mir's geträumt."

„Erzähl's mir doch, ich bete unterdes meinen Rosenkranz fertig," sagte die Nonne, und Gabriele setzte sich fröhlich auf die Fußbank vor ihr, wickelte vor der kühlen Nachtluft die Arme in ihre Schürze und begann sogleich folgendermaßen:

„Es war einmal eine Prinzessin in einem verzauberten Schlosse gefangen, das schmerzte sie sehr, denn sie hatte einen Bräutigam, der wußte gar nicht, wohin sie gekommen war, und sie konnte ihm auch kein Zeichen geben, denn die Burg hatte nur ein einziges festverschlossenes Tor nach einem tiefen, tiefen Abhange hin, und das Tor bewachte ein entsetzlicher Riese, der schlief und trank und sprach nicht, sondern ging nur immer Tag und Nacht vor dem Tore auf und nieder wie der Perpendikel einer Turmuhr. Sonst lebte sie ganz herrlich in dem Schlosse; da war Saal an Saal, einer immer prächtiger als der andere, aber niemand drin zu sehen und zu hören, kein Lüftchen ging, und kein Vogel sang in den verzauberten Bäumen im Hofe, die Figuren auf den Tapeten waren schon ganz krank und bleich geworden in der Einsamkeit, nur manchmal warf sich das trockene Holz an den Schränken vor Langeweile, daß es weit durch die öde Stille schallte, und auf der hohen Schloßmauer draußen stand ein Storch wie eine Vedette den ganzen Tag auf einem Beine."

„Ach, ich glaube gar, du stichelst auf unser Kloster," sagte Renate. Gabriele lachte und erzählte munter fort:

„Einmal aber war die Prinzessin mitten in der Nacht aufgewacht, da hörte sie ein seltsames Sausen durch das ganze Haus. Sie sprang erschrocken ans Fenster und bemerkte zu ihrem großen Erstaunen, daß es der Riese war, der eingeschlafen vor dem Tor lag und mit solch grausamer Gewalt schnarchte, daß alle Türen, so oft er den Atem einzog und wieder ausstieß, von dem Zugwinde klappernd auf und zu flogen. Nun sah sie auch, so oft die Tür nach dem Saale aufging, mit Verwunderung, wie die Figuren auf den Tapeten, denen die Glieder schon ganz eingerostet waren von dem langen Stillstehen, sich langsam dehnten und reckten; der Mond schien hell über den Hof, da hörte sie zum ersten Male die verzauberten Brunnen rauschen, der steinerne Neptun unten saß auf dem Rande der Wasserkunst und strählte sich sein Binsenhaar; alles wollte die Gelegenheit benutzen, weil der Riese schlief; und der steife Storch machte so wunderliche Kapriolen auf der Mauer, daß sie lachen mußte, und hoch auf dem Dache drehte sich der Wetterhahn und schlug mit den Flügeln und rief immerfort: Kick, kick dich um, ich seh' ihn geh'n, ich sag' nicht wen! Am Fenster aber sang lieblich der Wind: komm mit geschwind! und die Bächlein schwatzten draußen untereinander im Mondglanze, wie wenn der Frühling anbrechen sollte, und sprangen glitzernd und wispernd über die Baumwurzeln: Bist du bereit? wir haben nicht Zeit, weit, weit, in die Waldeinsamkeit! — Nun, nun, nur Geduld, ich komm ja schon, sagte die Prinzessin ganz erschrocken und vergnügt, nahm schnell ihr Bündel unter den Arm und trat vorsichtig aus dem Schlafzimmer; zwei Mäuschen kamen ihr atemlos nach und brachten ihr noch den Fingerhut, den sie in der Eile vergessen. Das Herz klopfte ihr, denn die Brunnen im Hofe rauschten schon wieder schwächer, der Flußgott streckte sich taumelnd wieder zum Schlafe zurecht, auch der Wetterhahn drehte sich nicht mehr; so schlich sie leise die stille Treppe hinab."

„Ach Gott! wenn der Riese jetzt aufwacht!" sagte Renate ängstlich.

„Die Prinzessin hatte auch Angst genug," fuhr Gabriele fort, „sie hob sich das Röckchen, daß sie nicht an seinen langen Sporen hängen blieb, stieg geschickt über den einen, dann über den

anderen Stiefel, und noch einen herzhaften Sprung — jetzt
stand sie draußen am Abhange. Da aber war's einmal schön!
Da flogen die Wolken und rauschte der Strom und die prächtigen
Wälder im Mondscheine, und auf dem Strome fuhr ein Schiff-
lein, darin saß ein Ritter."

„Das ist ja gerade wie jetzt hier draußen," unterbrach sie
Renate, „da fährt auch noch einer im Kahne dicht unter unserem
Garten; jetzt stößt er ans Land."

„Freilich" — sagte Gabriele mutwillig und setzte sich ins
Fenster und wehte mit ihrem weißen Schnupftuche hinaus —
„und grüß' dich Gott, rief da die Prinzessin, grüß' dich Gott in
die weite, weite Fern, es ist ja keine Nacht so still und tief als
meine Lieb!"

Renate faßte sie lachend um den Leib, um sie zurückzuziehen.
— „Herr Jesus!" schrie sie da plötzlich auf, „ein fremder Mann,
dort an der Mauer hin!" — Gabriele ließ erschrocken ihr Tuch
sinken, es flatterte in den Garten hinab. Ehe sie sich aber noch
besinnen konnte, hatte Renate schon das Fenster geschlossen; sie

war voll Furcht, sie mochte
nichts mehr von dem Mär-
chen hören und trieb Ga-
brielen hastig aus der Tür
über den stillen Gang in
ihre Schlafkammer.

Gabriele aber, als sie
allein war, riß noch rasch
in ihrer Zelle das Fenster
auf. Zu ihrem Schreck be-
merkte sie nun, daß das Tuch
unten von dem Strauche
verschwunden war, auf den
es vorhin geflogen. Ihr
Herz klopfte heftig, sie legte
sich hinaus, so weit sie
nur konnte, da glaubte sie
draußen den Fluß wieder
aufrauschen zu hören, dar-

auf schallte Ruderschlag unten im Grunde, immer ferner und schwächer, dann alles, alles wieder still — so blieb sie verwirrt und überrascht am Fenster, bis das erste Morgenlicht die Bergesgipfel rötete.

Bald darauf traf der Namenstag der Priorin, ein Fest, worauf sich alle Hausbewohner das ganze Jahr hindurch freuten; denn auf diesen Tag war zugleich die jährliche Weinlese auf einem nahegelegenen Gute des Klosters festgesetzt, an welcher die Nonnen mit teilnahmen. Da verbreitete sich, als der Morgenstern noch durch die Lindenwipfel in die kleinen Fenster hineinfunkelte, schon eine ungewohnte, lebhafte Bewegung durch das ganze Haus, im Hofe wurden die Wagen von dem alten Staube gereinigt, in ihren besten blütenweißen Gewändern sah man die Schwestern in allen Gängen geschäftig hin und her eilen; einige versahen noch ihre Kanarienvögel sorgsam mit Futter, andere packten Taschen und Schachteln, als gälte es eine wochenlange Reise. — Endlich wurde von dem zahlreichen Hausgesinde ausführlich Abschied genommen, die Kutscher knallten, und die Karawane setzte sich langsam in Bewegung. Gabriele fuhr nebst einigen auserwählten Nonnen an der Seite der Priorin in einem mit vier alten, dicken Rappen bespannten Staatswagen, der mit seinem altmodischen, vergoldeten Schnitzwerke einem chinesischen Lusthause gleichsah. Es war ein klarer, heiterer Herbstmorgen, das Glockengeläute vom Kloster zog weit durchs stille Land, der Alteweibersommer flog schon über die Felder, überall grüßten die Bauern ehrerbietig den ihnen wohlbekannten geistlichen Zug.

Wer aber beschreibt nun die große Freude auf dem Gratialgute, die fremden Berge, Täler und Schlösser umher, das stille Grün und den heiteren Himmel darüber, wie sie da in dem mit Astern ausgeschmückten Gartensaale um eine reichliche Kollation vergnügt auf den altfränkischen Kanapees sitzen und die Morgensonne die alten Bilder römischer Kirchen und Paläste an den Wänden bescheint und vor den Fenstern die Sperlinge sich lustig tummeln und lärmen im Laube, während draußen weißgekleidete Dorfmädchen unter den schimmernden Bäumen vor der Tür ein Ständchen singen.

15

Die Priorin aber ließ die Kinder hereinkommen, die scheu und neugierig in dem Saale herumschauten, in den sie das ganze Jahr über nur manchmal heimlich durch die Ritzen der verschlossenen Fensterladen geguckt hatten. Sie streichelte und ermahnte sie freundlich, freute sich, daß sie in dem Jahre so gewachsen, und gab dann jedem aus ihrem Gebetbuche ein buntes Heiligenbild und ein großes Stück Kuchen dazu.

Jetzt aber ging die rechte Lust der Kleinen erst an, da nun wirklich zur Weinlese geschritten wurde, bei der sie mithelfen und naschen durften. Da belebte sich allmählich der Garten, fröhliche Stimmen da und dort, geputzte Kinder, die große Trauben trugen, flatternde Schleier und weiße, schlanke Gestalten zwischen den Rebengeländern schimmernd und wieder verschwindend, als wanderten Engel über den Berg. Die Priorin saß unterdes vor der Haustür und betete ihr Brevier und schaute oft über das Buch weg nach den vergnügten Schwestern; die Herbstsonne schien warm und kräftig über die stille Gegend, und die Nonnen sangen bei der Arbeit:

> Es ist nun der Herbst gekommen,
> Hat das schöne Sommerkleid
> Von den Feldern weggenommen
> Und die Blätter ausgestreut,
> Vor dem bösen Winterwinde
> Deckt er warm und sachte zu
> Mit dem bunten Laub die Gründe,
> Die schon müde geh'n zur Ruh'.

Einzelne verspätete Wandervögel zogen noch über den Berg und schwatzten vom Glanze der Ferne, was die glücklichen Schwestern nicht verstanden. Gabriele aber wußte wohl, was sie sangen, und ehe die Priorin sich's versah, war sie auf die höchste Linde geklettert; da erschrak sie, wie so groß und weit die Welt war. — Die Priorin schalt sie aus und nannte sie ihr wildes Waldvöglein. Ja, dachte Gabriele, wenn ich ein Vöglein wäre! Dann fragte die Priorin, ob sie von da oben das Schloß Dürande überm Walde sehen könne? „Alle die

16

Wälder und Wie=
sen," sagte sie, „ge=
hören dem Grafen
Dürande; er grenzt
hier an, das ist ein
reicher Herr!" Ga=
briele aber dachte
an ihren Herrn,
und die Nonnen
sangen wieder:

Durch die Felder sieht man fahren
Eine wunderschöne Frau,
Und von ihren langen Haaren
Goldne Fäden auf der Au
Spinnet sie und singt im Gehen:
Eya, meine Blümelein,
Nicht nach andern immer sehen,
Eya, schlafet, schlafet ein!

„Ich höre Waldhörner!" rief hier plötzlich Gabriele; es ver=
hielt ihr fast den Atem vor Erinnerung an die alte, schöne Zeit.
— „Komm schnell herunter, mein Kind," rief ihr die Priorin zu.
Aber Gabriele hörte nicht darauf, zögernd und im Hinabsteigen
noch immer zwischen den Zweigen hinausschauend, sagte sie
wieder: „Es bewegt sich drüben am Saume des Waldes; jetzt
seh' ich Reiter; wie das glitzert im Sonnenscheine! Sie kommen
gerade auf uns her."

Und kaum hatte sie sich vom Baume geschwungen, als einer
von den Reitern, über den grünen Plan dahergeflogen, unter
den Linden anlangte und mit höflichem Gruße vor der Priorin
stillhielt. Gabriele war schnell in das Haus gelaufen, dort wollte
sie durchs Fenster nach dem Fremden sehen. Aber die Priorin
rief ihr nach: Der Herr sei durstig, sie solle ihm Wein heraus=
bringen. Sie schämte sich, daß er sie auf dem Baume gesehen,
so kam sie furchtsam mit dem vollen Becher vor die Tür mit ge=
senkten Blicken, durch die langen Augenwimpern nur sah sie das

koftbare Zaumzeug und die Stickerei auf seinem Jagdrocke im Sonnenscheine flimmern. Als sie aber an das Pferd trat, sagte er leise zu ihr: Er sehe d o ch ihre dunkeln Augen im Weine sich spiegeln wie in einem goldenen Brunnen. Bei dem Klange der Stimme blickte sie erschrocken auf — der Reiter war ihr Liebster — sie stand wie verblendet. Er trank jetzt auf der Priorin Ge= sundheit, sah aber dabei über den Becher weg Gabriele an und zeigte ihr verstohlen ihr Tuch, das sie in jener Nacht aus dem Fenster verloren. Dann drückte er die Sporen ein und, flüchtig dankend, flog er wieder fort zu dem bunten Schwarme am Walde, das weiße Tuch flatterte weit im Winde hinter ihm her.

„Sieh nur," sagte die Priorin lachend, „wie ein Falk, der eine Taube durch die Luft führt!"

„Wer war der Herr?" fragte endlich Gabriele tief aufatmend. — „Der junge Graf Dürande," hieß es. — Da tönte die Jagd schon wieder fern und immer ferner den funkelnden Wald ent= lang, die Nonnen aber hatten in ihrer Fröhlichkeit von allem nichts bemerkt und sangen von neuem:

Und die Vöglein hoch in Lüften
Über blaue Berg' und Seen
Zieh'n zur Ferne nach den Klüften,
Wo die hohen Zedern steh'n,
Wo mit ihren gold'nen Schwingen
Auf des Benedeiten Gruft
Engel Hosianna singen
Nächtens durch die stille Luft.

*   *
*

Etwa vierzehn Tage darauf schritt Renald eines Morgens still und rasch durch den Wald nach dem Schlosse Dürande, dessen Türme finster über die Tannen hersahen. Er war ernst und bleich, aber mit Hirschfänger und leuchtendem Bandelier wie zu einem Feste geschmückt. In der Unruhe seiner Seele war er der Zeit ein gut Stück vorausgeschritten, denn als er ankam, war die Haustür noch verschlossen und alles still, nur die Dohlen erwachten schreiend auf den alten Dächern. Er setzte sich unterdes auf das Geländer der Brücke, die zum Schloffe führte. Der Wallgraben unten lag lange trocken, ein marmorner Apollo mit seltsamer Lockenperücke spielte dort zwischen gezirkelten Blumenbeeten die Geige, auf der ein Vogel sein Morgenlied pfiff; über den Helmen der steinernen Ritterbilder am Tore brüsteten sich breite Aloen; der Wald, der alte Schloßgesell, war wunderlich verschnitten und zerquält, aber der Herbst ließ sich sein Recht nicht nehmen und hatte alles phantastisch gelb und rot gefärbt, und die Waldvögel, die vor dem Winter in die Gärten flüchteten, zwitscherten lustig von Wipfel zu Wipfel. — Renald fror, er hatte Zeit genug und überdachte noch einmal alles: wie der junge Graf Dürande wieder nach Paris gereist, um dort lustig durchzuwintern, wie er selbst darauf mit fröhlichem Herzen zum Kloster geeilt, um seine Schwester abzuholen. Aber da war Gabriele heimlich verschwunden, man hatte einmal des Nachts einen fremden Mann am Kloster gesehen; niemand wußte, wohin sie gekommen.

Jetzt knarrte das Schloßtor, Renald sprang schnell auf, er verlangte seinen Herrn, den alten Grafen Dürande, zu sprechen. Man sagte ihm, der Graf sei eben erst aufgewacht; er mußte noch lange in der Gesindestube warten zwischen Überresten vom gestrigen Souper, zwischen Schuhbürsten, Büchsen und Katzen, die sich verschlafen an seinen blanken Stiefeln dehnten, niemand fragte nach ihm. Endlich wurde er in des Grafen Garderobe geführt, der alte Herr ließ sich soeben frisieren und gähnte unaufhörlich. Renald bat nun ehrerbietig um kurzen Urlaub zu einer Reise nach Paris. Auf die Frage des Grafen, was er dort wolle, entgegnete er verwirrt: Seine Schwester sei dort bei einem weitläufigen Verwandten — er schämte sich herauszusagen, was er dachte. Da lachte der Graf. „Nun, nun," sagte er, „mein Sohn hat wahrhaftig keinen üblen Geschmack. Geh' Er nur hin, ich will Ihm an seiner Fortune nicht hinderlich sein; die Dürandes sind in solchen Affären immer splendid; so ein junger wilder Schwan muß gerupft werden, aber mach' Er's mir nicht zu arg." — Dann nickte er mit dem Kopfe, ließ sich den Pudermantel umwerfen und schritt langsam zwischen zwei Reihen von Bedienten, die ihn im Vorüberwandeln mit

2*

großen Quasten einpuderten, durch die entgegengesetzte Flügel=
tür zum Frühstücke. Die Bedienten kicherten heimlich — Re=
nald schüttelte sich wie ein gefesselter Löwe.

Noch an demselben Tage trat er die Reise an.

Es war ein schöner, blanker Herbstabend, als er in der Ferne
Paris erblickte; die Ernte war längst vorüber, die Felder
standen alle leer, nur von der Stadt her kam ein verworrenes
Rauschen über die stille Gegend, daß ihn heimlich schauerte. Er
ging nun an den prächtigen Landhäusern vorüber durch die
langen Vorstädte immer tiefer in das wachsende Getöse hinein,
die Welt rückte immer enger und dunkler zusammen, der Lärm,
das Rasseln der Wagen betäubte, das wechselnde Streiflicht aus
den geputzten Läden blendete ihn; so war er ganz verwirrt, als
er endlich im Winde den roten Löwen, das Zeichen seines Vet=
ters, schwanken sah, der in der Vorstadt einen Weinschank hielt.
Dieser saß eben vor der Tür seines kleinen Hauses und ver=
wunderte sich nicht wenig, da er den verstaubten Wandersmann
erkannte. Doch Renald stand wie auf Kohlen. „War Gabriele
bei dir?" fragte er gleich nach der ersten Begrüßung gespannt. —
Der Vetter schüttelte erstaunt den Kopf, er wußte von nichts. —
„Also doch!" sagte Renald, mit dem Fuße auf die Erde stamp=
fend; aber er konnte es nicht über die Lippen bringen, was er
vermute und vorhabe.

Sie gingen nun in das Haus und kamen in ein langes,
wüstes Gemach, das von einem Kaminfeuer im Hintergrunde
ungewiß erleuchtet wurde. In den roten Widerscheinen lag dort
ein wilder Haufe umher: abgedankte Soldaten, müßige Hand=
werksburschen und dergleichen Hornkäfer, wie sie in der Abend=
zeit um die großen Städte schwärmen. Alle Blicke aber hingen
an einem hohen, hageren Manne mit bleichem, scharfgeschnitte=
nem Gesichte, der, den Hut auf dem Kopfe und seinen langen
Mantel stolz und vornehm über die linke Achsel zurückgeschlagen,
mitten unter ihnen stand. — „Ihr seid der Nährstand," rief er
soeben aus; „wer aber die anderen nährt, der ist ihr Herr; hoch
auf, ihr Herren!" — Er hob ein Glas, alles jauchzte wild auf
und griff nach den Flaschen, er aber tauchte kaum die feinen
Lippen in den dunkelroten Wein, als schlürft' er Blut, seine

20

spielenden Blicke gingen über dem Glase kalt und lauernd in der Runde.

Da funkelte das Kaminfeuer über Renalds blankes Bandelier, das stach plötzlich in ihre Augen. Ein starker Kerl mit rotem Gesicht und Haar wie ein brennender Dornbusch trat mit übermütiger Bettelhaftigkeit dicht vor Renald und fragte, ob er dem Großtürken diene? Ein anderer meinte, er habe ja da, wie ein Hund, ein adeliges Halsband umhängen. — Renald griff rasch nach seinem Hirschfänger, aber der lange Redner trat dazwischen, sie wichen ihm scheu und ehrerbietig aus. Dieser führte den Jäger an einen abgelegenen Tisch und fragte, wohin er wolle. Da Renald den Grafen Dürande nannte, sagte er: „Das ist ein altes Haus, aber der Totenwurm pickt schon drin, ganz von Liebschaften zerfressen." — Renald erschrak, er glaubte, jeder müßte ihm seine Schande an der Stirn ansehen. „Warum kommt Ihr gerade auf die Liebschaften?" fragte er zögernd. — „Warum?" erwiderte jener, „sind sie nicht die Herren im Forste, ist das Wild nicht ihre, hohes und niederes? Sind wir nicht verfluchte Hunde und lecken die Schuhe, wenn sie uns stoßen?" — Das verdroß Renald; er entgegnete kurz und stolz: „Der junge Graf Dürande sei ein großmütiger Herr, er wolle nur sein Recht von ihm und weiter nichts." — Bei diesen Worten hatte der Fremde ihn aufmerksam betrachtet und sagte ernst: „Ihr seht aus wie ein Scharfrichter, der, das Schwert unterm Mantel, zu Gericht geht; es kommt die Zeit, gedenkt an mich, Ihr werdet der Rüstigsten einer sein bei der blutigen Arbeit." — Dann zog er ein Blättchen hervor, schrieb etwas mit Bleistift darauf, versiegelte es am Lichte und reichte es Renald hin. Die Grafen hier kennen mich wohl, sagte er; er solle das nur abgeben an Dürande, wenn er einen Strauß mit ihm habe, es könnte ihm vielleicht von Nutzen sein. — „Wer ist der Herr?" fragte Renald seinen Vetter, da der Fremde sich rasch wieder wandte. — „Ein Feind von Tyrannen," entgegnete der Vetter leise und geheimnisvoll.

Dem Renald aber gefiel hier die ganze Wirtschaft nicht, er war müde von der Reise und streckte sich bald in einer Nebenkammer auf das Lager, das ihm der Vetter angewiesen. Da konnte er vernehmen, wie immer mehr und mehr Gäste nebenan allmählich die Stube füllten; er hörte die Stimme des Fremden wieder dazwischen, eine wilde Predigt, von der er nur einzelne Worte verstand, manchmal blitzte das Kaminfeuer blutrot durch die Ritzen der schlechtverwahrten Tür; so schlief er spät unter furchtbaren Träumen ein.

* * *

Der Ball war noch nicht beendigt; aber der junge Graf Dürande hatte dort so viel Wunderbares gehört von den feurigen Zeichen einer Revolution, vom heimlichen Aufblitzen kampffertiger Geschwader, Jakobiner, Volksfreunde und Royalisten, daß ihm das Herz schwoll wie im nahenden Gewitterwinde. Er konnte es nicht länger aushalten in der drückenden Schwüle. In seinen Mantel gehüllt, ohne den Wagen abzuwarten, stürzte er sich in die scharfe Winternacht hinaus. Da freute er sich, wie draußen fern und nahe die Turmuhren verworren zusammenklangen im Winde und die Wolken über die Stadt flogen und der Sturm sein Reiselied pfiff, lustig die Schneeflocken durcheinander wirbelnd. „Grüß' mir mein Schloß Dürande!" rief er dem Sturme zu; es war ihm so frisch zumute, als müßt' er wie ein lediges Roß mit jedem Tritte Funken aus den Steinen schlagen.

In seinem Hotel aber fand er alles wie ausgestorben, der Kammerdiener war vor Langerweile fest eingeschlafen, die jüngere Dienerschaft ihren Liebschaften nachgegangen, niemand hatte ihn so früh erwartet. Schauernd vor Frost stieg er die breite, dämmernde Treppe hinauf, zwei tief herabgebrannte Kerzen beleuchteten zweifelhaft das vergoldete Schnitzwerk des alten Saales, es war so still, daß er den Zeiger der Schloßuhr langsam fortrücken und die Wetterfahnen im Winde sich drehen hörte. Wüst und überwacht warf er sich auf eine Ottomane hin. „Ich bin so müde," sagte er, „so müde von Lust und immer Lust, langweilige Lust! Ich wollt', es wäre Krieg!" — Da war's ihm, als hört' er draußen auf der Treppe gehen mit leisen, langen Schritten, immer näher und näher. „Wer ist da?" rief er. — Keine Antwort. — „Nur zu, mir eben recht," meinte er,

22

Hut und Handschuhe wegwerfend, „rumor' nur zu, spukhafte
Zeit, mit deinem fernen Wetterleuchten über Stadt und Land,
als wenn die Gedanken aufstünden überall und schlaftrunken
nach den Schwertern tappten. Was gehst du in Waffen rasselnd
um und pochst an die Türen unserer Schlösser bei stiller Nacht;
mich gelüstet, mit dir zu fechten; herauf, du unsichtbares Kriegs=
gespenst!"

Da pocht' es wirklich an der Tür. Er lachte, daß der Geist
die Herausforderung so schnell angenommen. In keckem Über=
mute rief er: „Herein!" Eine hohe Gestalt im Mantel trat in
die Tür; er erschrak doch, als diese den Mantel abwarf und er
Renald erkannte, denn er gedachte der Nacht im Walde, wo der
Jäger auf ihn gezielt. — Renald aber, da er den Grafen erblickte,
ehrerbietig zurücktretend, sagte: Er habe den Kammerdiener hier
zu finden geglaubt, um sich anmelden zu lassen. Er sei schon
öfters zu allen Tageszeiten hier gewesen, jedesmal aber unter
dem Vorwande, daß die Herrschaft nicht zu Hause oder beschäf=

tigt sei, von den Pa=
riser Bedienten zurück=
gewiesen worden, die
ihn noch nicht kannten;
so habe er denn heute
auf der Straße ge=
wartet, bis der Graf zu=
rückkäme.

„Und was willst du
denn von mir?" fragte
der Graf, ihn mit un=
verwandten Blicken prü=
fend.

„Gnädiger Herr," er=
widerte der Jäger nach
einer Pause, „Sie wis=
sen wohl, ich hatte eine
Schwester, sie war meine
einzige Freude und
mein Stolz — sie ist

eine Landläuferin geworden, sie ist fort." — Der Graf machte eine heftige Bewegung, faßte sich aber gleich wieder und sagte halb abgewendet: „Nun, und was geht das mich an?"

Renalds Stirn zuckte wie fernes Wetterleuchten, er schien mit sich selber zu ringen. „Gnädiger Herr," rief er darauf im tief= sten Schmerze, „gnädiger Herr, gebt mir meine arme Gabriele zurück!"

„Ich?" fuhr der Graf auf, „zum Teufel, wo ist sie?"

„Hier" — entgegnete Renald ernst.

Der Graf lachte laut auf und, den Leuchter ergreifend, stieß er rasch eine Flügeltür auf, daß man eine weite Reihe glän= zender Zimmer übersah. „Nun," sagte er mit erzwungener Lustigkeit, „so hilf mir suchen. Horch, da raschelt was hinter der Tapete, jetzt hier, dort, nun sage mir, wo steckt sie?"

Renald blickte finster vor sich nieder, sein Gesicht verdunkelte sich immer mehr. Da gewahrte er Gabrielens Schnupftuch auf einem Tischchen; der Graf, der seinen Augen gefolgt war, stand einen Augenblick betroffen. — Renald hielt sich noch, es fiel ihm der Zettel des Fremden wieder ein, er wünschte immer noch, alles in Güte abzumachen, und reichte schweigend dem Grafen das Briefchen hin. Der Graf, ans Licht tretend, erbrach es schnell, da flog eine dunkle Röte über sein ganzes Gesicht. — „Und weiter nichts?" murmelte er leise zwischen den Zähnen, sich in die Lippen beißend. „Wollen sie mir drohen, mich schrecken?" — Und rasch zu Renald gewandt, rief er: „Und wenn ich deine ganze Sippschaft hätt', ich gäb' sie nicht heraus! Sag' deinem Bettleradvokaten, ich lachte sein und wäre zehntausend= mal noch stolzer als er, und wenn ihr beide euch im Hause zeigt, laß' ich mit Hunden euch vom Hofe hetzen, das sag' ihm; fort, fort, fort!" — Hiermit schleuderte er den Zettel dem Jäger ins Gesicht und schob ihn selber zum Saale hinaus, die eichene Tür hinter ihm zuwerfend, daß es durchs ganze Haus öde erschallte.

Renald stand, wild um sich blickend, auf der stillen Treppe. Da bemerkte er erst, daß er den Zettel noch krampfhaft in den Händen hielt; er entfaltete ihn hastig und las an dem flackern= den Lichte einer halbverlöschten Laterne die Worte: „Hütet euch. Ein Freund des Volkes."

24

Unterdes hörte er oben den Grafen heftig klingeln; mehrere Stimmen wurden im Hause wach, er stieg langsam hinunter wie ins Grab. Im Hofe blickte er noch einmal zurück, die Fenster des Grafen waren noch erleuchtet, man sah ihn im Saale heftig auf und nieder gehen. Da hörte Renald auf einmal draußen durch den Wind singen:

Am Himmelsgrund schießen
So lustig die Stern',
Dein Schatz läßt dich grüßen
Aus weiter, weiter Fern'!

Hat eine Zither gehangen
An der Tür unbeacht't,
Der Wind ist gegangen
Durch die Saiten bei Nacht.

Schwang sich auf dann vom Gitter
Über die Berge, übern Wald —
Mein Herz ist die Zither,
Gibt einen fröhlichen Schall.

Die Weise ging ihm durch Mark und Bein; er kannte sie wohl. — Der Mond streifte soeben durch die vorüber= fliegenden Wolken den Seiten= flügel des Schlosses, da glaubte

er in dem einen Fenster flüchtig Gabrielen zu erkennen; als er sich aber wandte, wurde es schnell geschlossen. Ganz erschrocken und verwirrt warf er sich auf die nächste Tür, sie war fest zu. Da trat er unter das Fenster und rief leise aus tiefster Seele hinauf, ob sie drin wider ihren Willen festgehalten werde? So solle sie ihm ein Zeichen geben, es sei keine Mauer so stark wie die Gerechtigkeit Gottes. — Es rührte sich nichts als die Wetter= fahne auf dem Dache. — „Gabriele," rief er nun lauter, „meine arme Gabriele, der Wind in der Nacht weint um dich an den

Fenstern, ich liebte dich so sehr, ich lieb' dich noch immer, um Gottes willen komm, komm herab zu mir, wir wollen miteinander fortziehen, weit, weit fort, wo uns niemand kennt, ich will für dich betteln von Haus zu Haus, es ist ja kein Lager so hart, kein Frost so scharf, keine Not so bitter als die Schande."

Er schwieg erschöpft, es war alles wieder still, nur die Tanzmusik von dem Balle schallte noch von fern über den Hof herüber, der Wind trieb große Schneeflocken schräg über die harte Erde, er war ganz verschneit. — „Nun, so gnade uns beiden Gott!" sagte er sich abwendend, schüttelte den Schnee vom Mantel und schritt rasch fort.

Als er zu der Schenke seines Vetters zurückkam, fand er zu seinem Erstaunen das ganze Haus verschlossen. Auf sein heftiges Pochen trat der Nachbar, sich vorsichtig nach allen Seiten umsehend, aus seiner Tür, er schien auf des Jägers Rückkehr gewartet zu haben und erzählte ihm geheimnisvoll: Das Nest nebenan sei ausgenommen, Polizeisoldaten hätten heute abend den Vetter plötzlich abgeführt, niemand wisse wohin. — Den Renald überraschte und verwunderte nichts mehr, und zerstreut mit flüchtigem Danke nahm er alles an, als der Nachbar nun auch das gerettete Reisebündel des Jägers unter dem Mantel hervorbrachte und ihm selbst eine Zuflucht in seinem Hause anbot.

Gleich am andern Morgen aber begann Renald seine Runde in der weitläufigen Stadt, er mochte nichts mehr von der Großmut des stolzen Grafen, er wollte jetzt nur sein R e c h t ! So suchte er unverdrossen eine Menge Advokaten hinter ihren großen Tintenfässern auf, aber die sahen's gleich alle den goldbortenen Rauten seines Rockes an, daß sie nicht aus seiner eigenen Tasche gewachsen waren; der eine verlangte unmögliche Zeugen, der andere Dokumente, die er nicht hatte, und alle forderten Vorschuß. Ein junger, reicher Advokat wollte sich totlachen über die ganze Geschichte; er fragte, ob die Schwester jung, schön, und erbot sich, den ganzen Handel umsonst zu führen und die arme Waise dann zu sich ins Haus zu nehmen, während ein anderer gar das Mädchen selber heiraten wollte, wenn sie fernerhin beim Grafen bliebe. — In tiefster Seele empört, wandte sich Renald nun an die Polizeibehörde; aber da wurde er aus einem Revier ins andere geschickt, von Pontius zu Pilatus, und jeder wusch seine Hände in Unschuld, niemand hatte Zeit, in dem Getriebe ein vernünftiges Wort zu hören, und als er endlich vor das rechte Büro kam, zeigten sie ihm ein langes Verzeichnis der Dienstleute und Hausgenossen des Grafen Dürande: seine Schwester war durchaus nicht darunter. Er habe Geister gesehen, hieß es, er solle keine unnützen Flausen machen; man hielt ihn für einen Narren, und er mußte froh sein, nur ungestraft wieder unter Gottes freien Himmel zu kommen. Da saß er nun todmüde in seiner einsamen Dach= kammer, den Kopf in die Hand gestützt; seine Barschaft war mit dem frühzeitigen Schnee auf den Straßen geschmolzen, jetzt wußt' er keine Hilfe mehr, es ekelte ihm recht vor dem Schmuße der Welt. In diesem Hinbrüten, wie wenn man beim Sonnen= glanze die Augen schließt, spielten feurige Figuren wechselnd auf dem dunkeln Grunde seiner Seele: schlängelnde Zornesblicke und halbgeborene Gedanken blutiger Rache. In dieser Not betete er still für sich; als er aber an die Worte kam: „Vergib uns unsere Schuld, als auch wir vergeben unseren Schuldnern," fuhr er zusammen; er konnte es dem Grafen nicht vergeben. Angstvoll und immer brünstiger betete er fort. Da sprang er plötzlich auf, ein neuer Gedanke erleuchtete auf einmal sein ganzes Herz. Noch war nicht alles versucht, nicht alles ver= loren, er beschloß, den König selber anzutreten — so hatte er sich nicht vergeblich zu Gott gewendet, dessen Hand auf Erden ja der König ist.

Ludwig XVI. und sein Hof waren damals in Versailles; Renald eilte sogleich hin und freute sich, als er bei seiner An= kunft hörte, daß der König, der unwohl gewesen, heute zum ersten Male wieder den Garten besuchen wolle. Er hatte zu Hause mit großem Fleiße eine Supplik aufgesetzt, Punkt für Punkt, das himmelschreiende Unrecht und seine Forderung, alles, wie er es dereinst vor Gottes Thron zu verantworten gedachte. Das wollte er im Garten selbst übergeben, vielleicht fügte es sich, daß er dabei mit dem Könige sprechen durfte; so, hoffte er, könne noch alles wieder gut werden.

Vielerlei Volk, Neugierige, Müßiggänger und Fremde hatten

27

sich unterdes schon unweit der Tür, aus welcher der König treten sollte, zusammengestellt. Renald drängte sich mit klopfendem Herzen in die vorderste Reihe. Es war einer jener halbver= schleierten Wintertage, die lügenhaft den Sommer nachspiegeln, die Sonne schien lau, aber falsch über die stillen Paläste, weiter= hin zogen Schwäne auf den Weihern, kein Vogel sang mehr, nur die weißen Marmorbilder standen noch verlassen in der prächtigen Einsamkeit. Endlich gaben die Schweizer das Zeichen, die Saaltüre öffnete sich, die Sonne tat einen kurzen Blitz über funkelnden Schmuck, Ordensbänder und blendende Achseln, die schnell vor dem Winterhauche unter schimmernden Tüchern wieder verschwanden. Da schallt' es auf einmal: Vive le roi! durch die Lüfte, und im Garten, soweit das Auge reichte, be= gannen plötzlich alle Wasserkünste zu spielen, und mitten in dem Jubel, Rauschen und Funkeln schritt der König in einfachem Kleide langsam die breiten Marmorstufen hinab. Er sah traurig und bleich — eine leise Luft rührte die Wipfel der hohen Bäume und streute die letzten Blätter wie einen Goldregen über die fürstlichen Gestalten. Jetzt gewahrte Renald mit einiger Verwirrung auch den Grafen Dürande unter dem Gefolge, er sprach soeben halbflüsternd zu einer jungen, schönen Dame. Schon rauschten die taftenen Gewänder immer näher und näher. Renald konnte deutlich vernehmen, wie die Dame, ihre Augen gegen Dürande aufschlagend, ihn neckend fragte, was er drin sehe, daß sie ihn so erschreckten.

„Wunderbare Sommernächte meiner Heimat," erwiderte der Graf zerstreut. Da wandte sich das Fräulein lachend, Renald erschrak, ihr dunkles Auge war wie Gabrielens in fröhlichen Tagen — es wollte ihm das Herz zerreißen.

Darüber hatte er alles andere vergessen, der König war fast vorüber; jetzt drängte er sich nach, ein Schweizer aber stieß ihn mit der Partisane zurück, er drang noch einmal verzweifelt vor. Da bemerkt ihn Dürande, er stutzt einen Augenblick, dann, schnell gesammelt, faßt er den Zudringlichen rasch an der Brust und übergibt ihn der herbeieilenden Wache. Der König über dem Getümmel wendet sich fragend. — „Ein Wahnsinniger," ent= gegnet Dürande.

Unterdes hatten die Soldaten den Unglücklichen umringt, die neugierige Menge, die ihn für verrückt hielt, wich scheu zurück, so wurde er ungehindert abgeführt. Da hörte er hinter sich die Fontänen noch rauschen, dazwischen das Lachen und Plaudern der Hofleute in der lauen Luft; als er aber einmal zurückblickte, hatte sich alles schon wieder nach dem Garten hingekehrt, nur ein bleiches Gesicht aus der Menge war noch zurückgewandt und funkelte ihm mit scharfen Blicken nach. Er glaubte schaudernd den prophetischen Fremden aus des Vetters Schenke wieder= zuerkennen.

*   *
*

Der Mond bescheint das alte Schloß Dürande und die tiefe Waldesstille am Jägerhause, nur die Bäche rauschen so geheim= nisvoll in den Gründen. Schon blüht's in manchem tiefen Tale, und nächtliche Züge heimkehrender Störche hoch in der Luft verkünden in einzelnen halbverlorenen Lauten, daß der Früh= ling gekommen. Da fahren plötzlich Rehe, die auf der Wiese vor dem Jägerhause gerastet, erschrocken ins Dickicht, der Hund an der Tür schlägt an, ein Mann steigt eilig von den Bergen, bleich, wüst, die Kleider abgerissen, mit wildverwachsenem Barte — es ist der Jäger Renald.

Mehrere Monate hindurch war er in Paris im Irrenhause eingesperrt gewesen; je heftiger er beteuerte, verständig zu sein, für desto toller hielt ihn der Wärter; in der Stadt aber hatte man jetzt Wichtigeres zu tun, niemand bekümmerte sich um ihn. Da ersah er endlich selbst seinen Vorteil, die Hinterlist seiner verrückten Mitgesellen half ihm treulich aus Lust an der Heim= lichkeit. So war es ihm gelungen, in einer dunkeln Nacht mit Lebensgefahr sich an einem Seile herabzulassen und in der all= gemeinen Verwirrung der Zeit unentdeckt aus der Stadt durch die Wälder, von Dorf zu Dorfe bettelnd, heimwärts zu ge= langen. Jetzt bemerkte er erst, daß es von fern überm Walde blitzte, vom stillen Schloßgarten her schlug schon eine Nachtigall, es war ihm, als ob ihn Gabriele riefe. Als er aber mit klopfen= dem Herzen auf dem altbekannten Fußsteige immer weiter ging, öffnete sich bei dem Hundegebelle ein Fensterchen im Jägerhause.

Es gab ihm einen Stich ins Herz; es war Gabrielens Schlaf=
kammer, wie oft hatte er dort ihr Gesicht im Mondscheine ge=
sehen. Heute aber guckte ein Mann hervor und fragte barsch,
was es draußen gäbe. Es war der Waldwärter; der heim=
tückische Rotkopf war ihm immer zuwider gewesen. „Was
macht Ihr hier in Renalds Haus?" sagte er. „Ich bin müde,
ich will hinein." Der Waldwärter sah ihn vom Kopf bis zu den
Füßen an, er erkannte ihn nicht mehr. „Mit dem Renald ist's
lange vorbei," entgegnete er dann, „er ist nach Paris gelaufen
und hat sich dort mit verdächtigem Gesindel und Rebellen ein=
gelassen, wir wissen's recht gut, jetzt habe ich seine Stelle vom
Grafen." — Drauf wies er Renald am Waldesrande den Weg
zum Wirtshause und schlug das Fenster wieder zu. — „Oho,
steht's so!" dachte Renald. Da fielen seine Augen auf sein
Gärtchen, die Kirschbäume, die er gepflanzt, standen schon in
voller Blüte, es schmerzte ihn, daß sie in ihrer Unschuld nicht
wußten, für wen sie blühten. Währenddes hatte sein alter Hof=
hund sich gewaltsam vom Stricke losgerissen, sprang liebkosend
an ihm herauf und umkreiste ihn in weiten Freudensprüngen;
er herzte sich mit ihm wie mit einem alten, treuen Freunde.
Dann aber wandte er sich rasch zum Hause; die Tür war ver=
schlossen, er stieß sie mit einem derben Fußtritte auf. Drin
hatte der Waldwärter unterdes Feuer gemacht. „Herr Jesus!"
rief er erschrocken, da er, entgegentretend, plötzlich beim Wider=
scheine der Lampe den verwilderten Renald erkannte. Renald
aber achtete nicht darauf, sondern griff nach der Büchse, die
überm Bette an der Wand hing. „Lump," sagte er, „das schöne
Gewehr so verstauben zu lassen!" Der Waldwärter, die Lampe
hinsetzend und auf dem Sprunge, durchs Fenster zu entfliehen,
sah den furchtbaren Gast seitwärts mit ungewissen Blicken an.
Renald bemerkte, daß er zitterte. „Fürcht' dich nicht," sagte er,
„dir tu' ich nichts, was kannst du dafür; ich hol' mir nur die
Büchse, sie ist vom Vater, sie gehört mir und nicht dem Grafen,
und so wahr der alte Gott noch lebt, so hol' ich mir auch mein
R e c h t , und wenn sie's im Turmknopfe von Dürande versiegelt
hätten, das sag' dem Grafen und wer's sonst wissen will." —
Mit diesen Worten pfiff er dem Hunde und schritt wieder in den

30

Wald hinaus, wo ihn der Waldwärter bei dem wirren Wetter=
leuchten bald aus den Augen verloren hatte.

Währenddes schnurrten im Schlosse Dürande die Gewichte
der Turmuhr ruhig fort, aber die Uhr schlug nicht, und der ver=
rostete Weiser rückte nicht mehr von der Stelle, als wäre die
Zeit eingeschlafen auf dem alten Hofe beim einförmigen Rauschen
der Brunnen. Draußen, nur manchmal vom fernen Wetter=
leuchten zweifelhaft erhellt, lag der Garten mit seinen wunder=
lichen Baumfiguren, Statuen und vertrockneten Bassins wie
versteinert im jungen Grün, das in der warmen Nacht schon
von allen Seiten lustig über die Gartenmauer kletterte und sich
um die Säulen der halbverfallenen Lusthäuser schlang, als
wollt' nun der Frühling alles erobern. Das Hausgesinde aber
stand, heimlich untereinander flüsternd, auf der Terrasse, denn
man sah es hier und da brennen in der Ferne; der Aufruhr
schritt wachsend schon immer näher über die stillen Wälder von
Schloß zu Schloß. Da hielt der kranke, alte Graf um die ge=
wohnte Stunde einsam Tafel im Ahnensaale, die hohen Fenster
waren fest verschlossen, Spiegel, Schränke und Marmortische
standen unverrückt umher wie in der alten Zeit, niemand durfte,
bei seiner Ungnade, der neuen Ereignisse erwähnen, die er ver=
ächtlich ignorierte. So saß er, im Staatskleide, frisiert, wie
eine geputzte Leiche am reichbesetzten Tische vor den silbernen
Armleuchtern und blätterte in alten Historienbüchern, seiner
kriegerischen Jugend gedenkend. Die Bedienten eilten stumm
über den glatten Boden hin und her, nur durch die Ritzen der
Fensterladen sah man zuweilen das Wetterleuchten, und alle
Viertelstunden hakte im Nebengemache die Flötenuhr knarrend
ein und spielte einen Satz aus einer alten Opernarie.

Da ließen sich auf einmal unten Stimmen vernehmen, drauf
hörte man jemand eilig die Treppe heraufkommen, immer lauter
und näher. „Ich muß herein!" rief es endlich an der Saaltür,
sich durch die abwehrenden Diener drängend, und bleich, ver=
stört und atemlos stürzte der Waldwärter in den Saal, in wilder
Hast dem Grafen erzählend, was ihm soeben im Jägerhause mit
Renald begegnet.

Der Graf starrte ihn schweigend an. Dann, plötzlich einen

Armleuchter ergreifend, richtete er sich zum Erstaunen der Diener ohne fremde Hilfe hoch auf. „Hüte sich, wer einen Dürande fangen will!" rief er, und gespenstisch wie ein Nachtwandler mit dem Leuchter quer durch den Saal schreitend, ging er auf eine kleine, eichene Tür los, die zu dem Gewölbe des Eckturmes führte. Die Diener, als sie sich vom ersten Entsetzen über sein grauenhaftes Aussehen erholt, standen verwirrt und unentschlossen um die Tafel. „Um Gottes willen," rief da auf einmal ein Jäger herbeieilend, „laßt ihn nicht durch, dort in dem Eckturme habe ich auf sein Geheiß heimlich alles Pulver zusammentragen müssen; wir sind verloren, er sprengt uns alle mit sich in die Luft!" — Der Kammerdiener faßte sich bei dieser schrecklichen Nachricht zuerst ein Herz und sprang rasch vor, um seinen Herrn zurückzuhalten, die andern folgten seinem Beispiele. Der Graf aber, da er sich so unerwartet verraten und überwältigt sah, schleuderte dem nächsten den Armleuchter an den Kopf, darauf, krank, wie er war, brach er selbst auf dem Boden zusammen.

Ein verworrenes Durcheinanderlaufen ging nun durch das ganze Schloß; man hatte den Grafen auf sein seidenes Himmelbett gebracht. Dort versuchte er vergeblich, sich noch einmal emporzurichten, zurücksinkend rief er: „Wer sagte da, daß der

Renald nicht wahnsinnig ist?" — Da alles still blieb, fuhr er leiser fort: „Ihr kennt den Renald nicht, er kann entsetzlich sein, wie fressend Feuer — läßt man denn reißende Tiere frei aufs Feld? — Ein schöner Löwe, wie er die Mähnen schüttelt — wenn sie nur nicht so blutig wären!" — Hier, sich plötzlich besinnend, riß er die müden Augen weit auf und starrte die umherstehenden Diener verwundert an.

Der bestürzte Kammerdiener, der seine Blicke allmählich ver= löschen sah, redete von geistlichem Beistande, aber der Graf, schon im Schatten des nahenden Todes, verfiel gleich darauf von neuem in fieberhafte Phantasien. Er sprach von einem großen, prächtigen Garten und einer langen, langen Allee, in der ihm seine verstorbene Gemahlin entgegenkäme, immer näher und heller und schöner. — „Nein, nein," sagte er, „sie hat einen Sternenmantel um und eine funkelnde Krone auf dem Haupte. Wie rings die Zweige schimmern von dem Glanze! — Gegrüßt seist du, Maria, bitt' für mich, du Königin der Ehren!" — Mit diesen Worten starb der Graf.

Als der Tag anbrach, war der ganze Himmel gegen Morgen dunkelrot gefärbt; gegenüber aber stand das Gewitter bleifarben hinter den grauen Türmen des Schlosses Dürande, die Sterbe= glocke ging in einzelnen abgebrochenen Klängen über die stille Gegend, die fremd und wie verwandelt in der seltsamen Be= leuchtung heraufblickte. — Da sahen einige Holzhauer im Walde den wilden Jäger Renald mit seiner Büchse und dem Hunde eilig in die Morgenglut hinabsteigen; niemand wußte, wohin er sich gewendet.

*   *   *

Mehrere Tage waren seitdem vergangen, das Schloß stand wie verzaubert in der öden Stille, die Kinder gingen abends scheu vorüber, als ob es drin spuke. Da sah man eines Tages plötzlich droben mehrere Fenster geöffnet, buntes Reisegepäck lag auf dem Hofe umher, muntere Stimmen schallten wieder auf den Treppen und Gängen, die Türen flogen hallend auf und zu, und vom Turme fing die Uhr trostreich wieder zu schlagen an. Der junge Graf Dürande war auf die Nachricht vom Tode seines

Vaters rasch und unerwartet von Paris zurückgekehrt. Unterwegs war er mehrmals verworrenen Zügen von Edelleuten begegnet, die schon damals flüchtend die Landstraßen bedeckten. Er aber hatte keinen Glauben an die Fremde und wollte ehrlich Freud' und Leid mit seinem Vaterlande teilen. Wie hatte auch der erste Schreck aus der Ferne alles übertrieben! Er fand seine nächsten Dienstleute ergeben und voll Eifer und überließ sich gern der Hoffnung, noch alles zum Guten wenden zu können.

In solchen Gedanken stand er an einem der offenen Fenster, die Wälder rauschten so frisch herauf, das hatte er solange nicht gehört, und im Tale schlugen die Vögel und jauchzten die Hirten vor den Bergen, dazwischen hörte er unten im Schloßgarten singen:

Wär's dunkel, ich läg' im Walde,
Im Walde rauscht's so sacht,
Mit ihrem Sternenmantel
Bedecket mich da die Nacht;
Da kommen die Bächlein gegangen:
Ob ich schon schlafen tu'?
Ich schlaf' nicht, ich hör' noch lange
Den Nachtigallen zu,
Wenn die Wipfel über mir schwanken,
Es klinget die ganze Nacht,
Da sind im Herzen die Gedanken,
Die singen, wenn niemand wacht.

Jawohl, gar manche stille Nacht, dachte der Graf, sich mit der Hand über die Stirn fahrend. — „Wer sang da?" wandte er sich dann zu den auspackenden Dienern; die Stimme schien ihm so bekannt. Ein Jäger meinte, es sei wohl der neue Gärtnerbursch aus Paris, der habe keine Ruhe gehabt in der Stadt; als sie fortgezogen, sei er ihnen zu Pferde nachgekommen. Der?" fragte der Graf — er konnte sich kaum auf den Burschen besinnen. Über den Zerstreuungen des Winters in Paris war er nicht oft in den Garten gekommen; er hatte den Knaben nur selten gesehen und wenig beachtet, um so mehr freute ihn seine Anhänglichkeit.

Indes war es beinahe Abend geworden, da hieß der Graf, noch sein Pferd zu satteln, die Diener verwunderten sich, als sie ihn bald darauf so spät und ganz allein noch nach dem Walde hinreiten sahen. Der Graf aber schlug den Weg zu dem nahen Nonnenkloster ein und ritt in Gedanken rasch fort, als gält' es, ein lange versäumtes Geschäft nachzuholen; so hatte er in kurzer Zeit das stille Waldkloster erreicht. Ohne abzusteigen, zog er hastig die Glocke am Tore. Da stürzte ein Hund ihm entgegen, als wollt' er ihn zerreißen, ein langer, bärtiger Mann trat aus der Klosterpforte und stieß den Köter wütend mit den Füßen; der Hund heulte, der Mann fluchte, eine Frau zankte drin im Kloster, er konnte lange nicht zu Worte kommen. Der Graf, befremdet von dem seltsamen Empfange, verlangte jetzt schleunig die Priorin zu sprechen. — Der Mann sah ihn etwas verlegen an, als schämte er sich. Gleich aber wieder in alter Roheit gesammelt, sagte er, das Kloster sei aufgehoben und gehöre der Nation; er sei der Pächter hier. Weiter erfuhr nun der Graf noch, wie ein Pariser Kommissar das alles so rasch und klug geordnet. Die Nonnen sollten nun in weltlichen Kleidern hinaus in die Städte, heiraten und nützlich sein; da zogen alle in einer schönen, stillen Nacht aus dem Tale, für das sie solange gebetet, nach Deutschland hinüber, wo ihnen in einem Schwesterkloster freundliche Aufnahme angeboten worden.

Der überraschte Graf blickte schweigend umher, jetzt bemerkte er erst, wie die zerbrochenen Fenster im Winde klappten; aus einer Zelle unten sah ein Pferd schläferig ins Grüne hinaus, die Ziegen des Pächters weideten unter umgeworfenen Kreuzen auf dem Kirchhofe, niemand wagte es, sie zu vertreiben; dazwischen weinte ein Kind im Kloster, als klagte es, daß es geboren in dieser Zeit. Im Dorfe aber war es wie ausgekehrt, die Bauern guckten scheu aus den Fenstern, sie hielten den Grafen für einen Herrn von der Nation. Als ihn aber nach und nach einige wiedererkannten, stürzte auf einmal alles heraus und umringte ihn, hungrig, zerlumpt und bettelnd. Mein Gott, mein Gott, dachte er, wie wird die Welt so öde! — Er warf alles Geld, das

3*

er bei sich hatte, unter den Haufen, dann setzte er rasch die Sporen ein und wandte sich wieder nach Hause.

Es war schon völlig Nacht, als er in Dürande ankam. Da bemerkte er mit Erstaunen im Schlosse einen unnatürlichen Aufruhr, Lichter liefen von Fenster zu Fenster, und einzelne Stimmen schweiften durch den dunkeln Garten, als suchten sie jemand. Er schwang sich rasch vom Pferde und eilte ins Haus. Aber auf der Treppe stürzte ihm schon der Kammerdiener mit einem versiegelten Blatte atemlos entgegen: es seien Männer unten, die es abgegeben und trotzig Antwort verlangten. Ein Jäger, aus dem Garten hinzutretend, fragte ängstlich den Grafen, ob er draußen dem Gärtnerburschen begegnet? Der Bursch habe ihn überall gesucht, der Graf möge sich aber hüten vor ihm, er sei in der Dämmerung verdächtig im Dorfe gesehen worden, ein Bündel unterm Arme, mit allerlei Gesindel sprechend, nun sei er gar spurlos verschwunden.

Der Graf, unterdes oben im erleuchteten Zimmer angelangt, erbrach den Brief und las in schlechter, mit blasser Tinte mühsam gezeichneter Handschrift: „Im Namen Gottes verordne ich hiermit, daß der Graf Hippolyt von Dürande auf einem mit dem gräflichen Wappen besiegelten Pergamente die einzige Tochter des verstorbenen Försters am Schloßberge, Gabriele Dubois, als seine rechtmäßige Braut und künftiges Gemahl bekennen und annehmen soll. Dieses Gelöbnis soll heute bis elf Uhr nachts in dem Jägerhause abgeliefert werden. Ein Schuß aus dem Schloßfenster aber bedeutet: Nein. R e n a l d.“

„Was ist die Uhr?“ fragte der Graf. — „Bald Mitternacht,“ erwiderten einige, sie hätten ihn solange im Walde und Garten vergeblich gesucht. — „Wer von euch sah den Renald, wo kam er her?“ fragte er von neuem. Alles schwieg. Da warf er den Brief auf den Tisch. „Der Rasende!“ sagte er und befahl, für jeden Fall die Zugbrücke aufzuziehen, dann öffnete er rasch das Fenster und schoß ein Pistol als Antwort in die Luft hinaus. Da gab es einen wilden Widerhall durch die stille Nacht, Geschrei und Rufen und einzelne Flintenschüsse bis in die fernsten Schlünde hinein, und als der Graf sich wieder wandte, sah er in dem Saale einen Kreis verstörter Gesichter lautlos um sich her.

Er schalt sie Hasenjäger, denen vor Wölfen graute. „Ihr habt lange genug Krieg gespielt im Walde," sagte er, „nun wendet sich die Jagd, wir sind jetzt das Wild, wir müssen durch. Was wird es sein! Ein Tollhaus mehr ist wieder aufgeriegelt, der rasende Veitstanz geht durchs Land, und der Renald geigt ihnen vor. Ich hab' nichts mit dem Volke, ich tat ihnen nichts als Gutes, wollen sie noch Besseres, sie sollen's ehrlich fordern, ich gäb's ihnen gern, abschrecken aber laß ich mir keine Handbreit meines alten Grund und Bodens; Trotz gegen Trotz!"

So trieb er sie in den Hof hinab, er selber half die Pforten, Luken und Fenster verrammen. Waffen wurden rasselnd von allen Seiten herbeigeschleppt, sein fröhlicher Mut belebte alle. Man zündete mitten im Hofe ein großes Feuer an, die Jäger lagerten sich herum und gossen Kugeln in den roten Widerscheinen, die lustig über die stillen Mauern liefen — sie merkten nicht, wie die Raben, von der plötzlichen Helle aufgeschreckt, ächzend über ihnen die alten Türme umkreisten. — Jetzt brachte ein Jäger mit großem Geschrei den Hut und die Jacke des Gärtnerburschen, die er zu seiner Verwunderung beim Aufsuchen der Waffen im Winkel eines abgelegenen Gemaches gefunden. Einige meinten, das Bürschchen sei vor Angst aus der Haut gefahren, andere schworen, er sei ein Schleicher und Verräter, während der alte Schloßwart Nicolo, schlau lächelnd, seinem Nachbar heimlich etwas ins Ohr flüsterte. Der Graf bemerkte es. „Was lachst du?" fuhr er den Alten an; eine entsetzliche Ahnung flog plötzlich durch seine Seele. Alle sahen verlegen zu Boden. Da faßte er den erschrockenen Schloßwart hastig am Arme und führte ihn mit fort in einen entlegenen Teil des Hofes, wohin nur einige schwankende Schimmer des Feuers langten. Dort hörte man beide lange Zeit lebhaft miteinander reden, der Graf ging manchmal heftig an dem dunkeln Schloßflügel auf und ab und kehrte dann immer wieder fragend und zweifelnd zu dem Alten zurück. Dann sah man sie in den offenen Stall treten, der Graf half selbst eilig den schnellsten Läufer satteln, und gleich darauf sprengte Nicolo quer über den Schloßhof, daß die Funken stoben, durchs Tor in die Nacht hinaus. „Reit' zu," rief ihm der Graf noch nach, „frag', suche bis ans Ende der Welt."

Nun trat er rasch und verstört wieder zu den andern, zwei der zuverlässigsten Leute mußten sogleich bewaffnet nach dem Dorfe hinab, um den Renald draußen aufzusuchen; wer ihn zuerst sähe, solle ihm sagen: Er, der Graf, wolle ihm Satisfaktion geben wie einem Kavalier und sich mit ihm schlagen, Mann gegen Mann — mehr könne der Stolze nicht verlangen.

Die Diener starrten ihn verwundert an, er aber hatte unterdes einen rüstigen Jäger auf die Zinne gestellt, wo man am weitesten ins Land hinaussehen konnte. „Was siehst du?" fragte er, unten seine Pistolen ladend. Der Jäger erwiderte: „Die Nacht sei zu dunkel, er könne nichts unterscheiden, nur einzelne Stimmen höre er manchmal fern im Felde und schweren Tritt, als zögen viele Menschen lautlos durch die Nacht, dann alles wieder still. Hier ist's luftig oben," sagte er, „wie eine Wetterfahne im Winde — was ist denn das?"

„Wer kommt?" fuhr der Graf hastig auf.

„Eine weiße Gestalt, wie ein Frauenzimmer," entgegnete der Jäger, „fliegt unten dicht an der Schloßmauer hin." — Er legte rasch seine Büchse an. Aber der Graf, die Leiter hinauffliegend, war schon selber droben und riß dem Zielenden heftig das Gewehr aus der Hand. Der Jäger sah ihn erstaunt an. „Ich kann auch nichts mehr sehen," sagte er dann halb unwillig und warf sich nun auf die Mauer nieder, über den Rand hinausschreiend: „Wahrhaftig, dort an der Gartenecke ist noch ein Fenster offen, der Wind klappt mit den Laden, dort ist's hereingehuscht."

Die Zunächststehenden im Hofe wollten eben nach der bezeichneten Stelle hineilen, als plötzlich mehrere Diener wie Herbstblätter im Sturme über den Hof daherflogen. Die Rebellen, hieß es, hätten im Seitenflügel eine Pforte gesprengt, andere meinten, der rotköpfige Waldwärter habe sie mit Hilfe eines Nachschlüssels heimlich durch das Kellergeschoß hereingeführt. Schon hörte man Fußtritte hallend auf den Gängen und Treppen und fremde, rauhe Stimmen da und dort, manchmal blitzte eine Brandfackel vorüberschweifend durch das Fenster.

— „Hallo, nun gilt's, die Gäste kommen, spielt auf zum Hoch-
zeitstanze!" rief der Graf, in niegefühlter Mordlust aufschauernd.
Noch war nur erst ein geringer Teil des Schlosses verloren; er
ordnete rasch seine kleine Schar, fest entschlossen, sich lieber unter
den Trümmern seines Schlosses zu begraben, als in diese rohen
Hände zu fallen.

Mitten in dieser Verwirrung aber ging auf einmal ein Ge-
flüster durch seine Leute: der Graf zeige sich doppelt im Schlosse;
der eine hatte ihn zugleich im Hofe und am Ende eines dunkeln
Ganges gesehen, einem andern war er auf der Treppe begegnet,
flüchtig und auf keinen Anruf Antwort gebend, das bedeute seit
uralter Zeit dem Hause großes Unglück. Niemand hatte jedoch
in diesem Augenblicke das Herz und die Zeit, es dem Grafen zu
sagen, denn soeben begann auch unten der Hof sich schon grauen-
haft zu beleben; unbekannte Gesichter erschienen überall an den
Kellerfenstern, die Keckiten arbeiteten sich gewaltsam hervor und
sanken, ehe sie sich draußen noch aufrichten konnten, von den
Kugeln der wachsamen Jäger wieder zu Boden, aber über ihre
Leichen weg kroch und rang und hob es sich immer wieder von
neuem unaufhaltsam empor, braune, verwilderte Gestalten mit
langen Vogelflinten, Stangen und Brecheisen, als wühlte die
Hölle unter dem Schlosse sich auf. Es war die Bande des ver-
räterischen Waldwärters, der ihnen heimtückisch die Keller geöffnet. Nur auf Plünderung bedacht, drangen sie sogleich nach dem
Marstalle und hieben in der Eile die Stränge entzwei, um sich
der Pferde zu bemächtigen. Aber die edlen, schlanken Tiere,
von dem Lärm und der gräßlichen Helle verstört, rissen sich los
und stürzten in wilder Freiheit in den Hof; dort, mit zornig-
funkelnden Augen und fliegender Mähne sah man sie bäumend
aus der Menge steigen und Roß und Mann verzweifelnd durcheinander ringen beim wirren Wetterleuchten der Fackeln, Jubel
und Todesschrei und die dumpfen Klänge der Sturmglocken
dazwischen. Die versprengten Jäger fochten nur noch einzeln
gegen die wachsende Übermacht; schon umringte das Getümmel
immer dichter den Grafen, er schien unrettbar verloren, als der
blutige Knäuel mit dem Ausrufe: Dort, dort ist er! sich plötzlich
wieder entwirrte, und alles dem andern Schloßflügel zuflog.

Der Graf, in einem Augenblick fast alleinstehend, wandte sich tiefaufatmend und sah erstaunt das alte Banner des Hauses Dürande drüben vom Balkon wehen. Es wallte ruhig durch die

wilde Nacht, auf einmal aber schlug der Wind wie im Spiele die Fahne zurück — da erblickte er mit Schaudern sich selbst dahinter, in seinen weißen Reitermantel tief gehüllt, Stirn und Gesicht von seinem Federbusche umflattert. Alle Blicke und Rohre zielten auf die stille Gestalt, doch dem Grafen sträubte sich das Haar empor, denn die Blicke des furchtbaren Doppelgängers waren mitten durch den Kugelregen unverwandt auf ihn gerichtet. Jetzt bewegte es die Fahne, es schien ihm ein Zeichen geben zu wollen, immer deutlicher und dringender ihn zu sich hinaufwinkend.

Eine Weile starrt er hin, dann, von Entsetzen überreizt, vergißt er alles andere, und unerkannt den Haufen teilend, der wütend nach dem Haupttore dringt, eilt er selbst dem gespenstischen Schloßflügel zu. Ein heimlicher Gang, nur wenigen bekannt, führt seitwärts näher zum Balkon, dort stürzt er sich hinein; schon schließt die Pforte sich schallend hinter ihm, er tappt am Pfeiler einsam durch die stille Halle, da hört er atmen neben sich, es faßt ihn plötzlich bei der Hand, schauernd sieht er das Banner und den Federbusch im Dunkeln wieder schimmern. Da, den weißen Mantel zurückschlagend, stößt es unten rasch eine Tür auf nach dem stillen Felde, ein heller Mondblick streift blendend die Gestalt, sie wendet sich. — „Um Gottes willen, Gabriele!" ruft der Graf und läßt verwirrt den Degen fallen.

Das Mädchen stand bleich, ohne Hut vor ihm, die schwarzen Locken aufgeringelt, rings von der Fahne wunderbar umgeben. Sie schien noch atemlos. „Jetzt zaudere nicht," sagte sie, den ganz Erstaunten eilig nach der Tür drängend, „der alte Nicolo harrt deiner draußen mit dem Pferde. Ich war im Dorfe, der Renald wollte mich nicht wiedersehen, so rannte ich ins Schloß zurück, zum Glück stand noch ein Fenster offen, da fand ich dich nicht gleich und warf mich rasch in deinen Mantel. Noch merken sie es nicht, sie halten mich für dich; bald ist's zu spät, laß mich und rette dich, nur schnell!" — Dann setzte sie leiser hinzu: „Und grüße auch das schöne Fräulein in Paris und betet für mich, wenn's euch wohlgeht."

Der Graf aber, in tiefster Seele bewegt, hatte sie schon fest in beide Arme genommen und bedeckte den bleichen Mund mit glühenden Küssen. Da wand sie sich schnell los. „Mein Gott, liebst du mich denn noch, ich meinte, du freitest um das Fräulein?" sagte sie voll Erstaunen, die großen Augen fragend zu ihm aufgeschlagen. — Ihm war's auf einmal, wie in den

Himmel hineinzusehen. „Die Zeit fliegt heute entsetzlich," rief er aus, „dich liebte ich immerdar, da nimm den Ring und meine Hand auf ewig, und so verlaß mich Gott, wenn ich je von dir lasse!" — Gabriele, von Überraschung und Freude verwirrt, wollte niederknien, aber sie taumelte und mußte sich an der Wand festhalten. Da bemerkte er erst mit Schrecken, daß sie verwundet war. Ganz außer sich, riß er sein Tuch vom Halse, suchte eilig mit Fahne, Hemd und Kleidern das Blut zu stillen, das auf einmal unaufhaltsam aus vielen Wunden zu quellen schien. In steigender unsäglicher Todesangst blickte er nach Hilfe ringsumher, schon näherten sich verworrene Stimmen, er wußte nicht, ob es Freund oder Feind. Sie hatte währenddes den Kopf müde an seine Schulter gelehnt. „Mir flimmert's so schön vor den Augen," sagte sie, „wie dazumal, als du durchs tiefe Abendrot noch zu mir kamst; nun ist ja alles, alles wieder gut."

Da pfiff plötzlich eine Kugel durch das Fenster herein. „Das war der Renald!" rief der Graf sich nach der Brust greifend; er fühlte den Tod im Herzen. — Gabriele fuhr hastig auf. „Wie ist dir?" fragte sie erschrocken. Aber der Graf, ohne zu antworten, faßte heftig nach seinem Degen. Das Gesindel war leise durch den Gang herangeschlichen, auf einmal sah er sich in der Halle von bewaffneten Männern umringt. — „Gute Nacht, mein liebes Weib!" rief er da; und mit letzter übermenschlicher Gewalt das von der Fahne verhüllte Mädchen auf den linken Arm schwingend, bahnt' er sich eine Gasse durch die Plünderer, die ihn nicht kannten und verblüfft von beiden Seiten vor dem Wütenden zurückwichen. So hieb er sich durch die offene Tür glücklich ins Freie hinaus, keiner wagte, ihm aufs Feld zu folgen, wo sie in den schwankenden Schatten der Bäume einen heimlichen Hinterhalt besorgten.

Draußen aber rauschten die Wälder so kühl. „Hörst du die Hochzeitsglocken gehen?" sagte der Graf; „ich spüre schon Morgenluft." — Gabriele konnte nicht mehr sprechen, aber sie sah ihn still und selig an. — Immer ferner und leiser verhallten unterdes schon die Stimmen vom Schlosse her, der Graf wankte verblutend, sein steinernes Wappenschild lag zertrümmert im hohen

Grafe, dort stürzte er tot neben Gabrielen zusammen. Sie atmeten nicht mehr, aber der Himmel funkelte von Sternen, und der Mond schien prächtig über das Jägerhaus und die einsamen Gründe; es war, als zögen Engel singend durch die schöne Nacht.

Dort wurden die Leichen von Nicolo gefunden, der vor Un= geduld schon mehrmals die Runde um das Haus gemacht hatte. Er lud beide mit dem Banner auf das Pferd, die Wege standen verlassen, alles war im Schlosse, so brachte er sie unbemerkt in die alte Dorfkirche. Man hatte dort vor kurzem erst die Sturm= glocke geläutet, die Kirchtür war noch offen. Er lauschte vor= sichtig in die Nacht hinaus, es war alles still, nur die Linden säuselten im Winde, vom Schloßgarten hörte er die Nachtigallen schlagen, als ob sie im Traume schluchzten. Da senkte er betend das stille Brautpaar in die gräfliche Familiengruft und die Fahne darüber, unter der sie noch heute zusammen ausruhen. Dann aber ließ er mit traurigem Herzen sein Pferd frei in die Nacht hinauslaufen, segnete noch einmal die schöne Heimats= gegend und wandte sich rasch nach dem Schlosse zurück, um seinen bedrängten Kameraden beizustehen; es war ihm, als könnte er nun selbst nicht länger mehr leben.

*   *   *

Auf den ersten Schuß des Grafen aus dem Schloßfenster war das raubgierige Gesindel, das durch umlaufende Gerüchte von Renalds Anschlag wußte, aus allen Schlupfwinkeln hervor= gebrochen, er selbst hatte in der offenen Tür des Jägerhauses auf die Antwort gelauert und sprang bei dem Blitze im Fenster wie ein Tiger allen voraus, er war der erste im Schlosse. Hier, ohne auf das Treiben der anderen zu achten, suchte er mitten zwischen den pfeifenden Kugeln in allen Gemächern, Gängen und Winkeln unermüdlich den Grafen auf. Endlich erblickte er ihn durchs Fenster in der Halle, er hörte ihn drin sprechen, ohne Gabriele in der Dunkelheit zu bemerken. Der Graf kannte den Schützen wohl, er hatte gut gezielt. Als Renald ihn getroffen

43

taumeln jah, wandte er sich tief aufatmend — sein Richteramt
war vollbracht.

Wie nach einem schweren löblichen Tagewerk durchschritt er
nun die leeren Säle in der wüsten Einsamkeit zwischen zer-
trümmerten Tischen und Spiegeln, der Zugwind strich durch alle
Zimmer und spielte traurig mit den Fetzen der zerrissenen
Tapeten.

Als er durchs Fenster blickte, verwunderte er sich über das
Gewimmel fremder Menschen im Hofe, die ihm geschäftig
dienten, wie das Feuer dem Sturme. Ein seltsam Gelüsten
funkelte ihn da von den Wänden an aus dem glatten Getäfel,
in dem der Fackelschein sich verwirrend spiegelte, als äugelte der
Teufel mit ihm. — So war er in den Gartensaal gekommen.
Die Tür stand offen, er trat in den Garten hinaus. Da schauerte
ihn in der plötzlichen Kühle. Der untergehende Mond weilte
noch zweifelnd am dunkeln Rande der Wälder, nur manchmal
leuchtete der Strom noch herauf, kein Lüftchen ging, und doch
rührten sich die Wipfel, und die Alleen und geisterhaften Statuen warfen lange, ungewisse Schatten dazwischen, und die
Wasserkünste spielten und rauschten so wunderbar durch die
weite Stille der Nacht. Nun sah er seitwärts auch die Linde
und die mondbeglänzte Wiese vor dem Jägerhause; er dachte
sich die verlorene Gabriele wieder in der alten, unschuldigen
Zeit als Kind mit den langen, dunkeln Locken, es fiel ihm immer
das Lied ein: „Gute Nacht, mein Vater und Mutter, wie auch
mein stolzer Bruder" — es wollte ihm das Herz zerreißen, er
sang verwirrt vor sich hin, halb wie im Wahnsinn:

> Meine Schwester, die spielt an der Linde.
> Stille Zeit, wie so weit, so weit!
> Da spielten so schöne Kinder
> Mit ihr in der Einsamkeit.
>
> Von ihren Locken verhangen,
> Schlief sie und lachte im Traum,
> Und die schönen Kinder sangen
> Die ganze Nacht unterm Baum.

44

Die ganze Nacht hat gelogen,
Sie hat mich so falsch gegrüßt,
Die Engel sind fortgeflogen,
Und Haus und Garten stehn wüst.

Es zittert die alte Linde
Und klaget der Wind so schwer,
Das macht, das macht die Sünde,
Ich wollt', ich läg' im Meer.

Die Sonne ist untergegangen
Und der Mond im tiefen Meer,
Es dunkelt schon über dem Lande;
Gute Nacht! seh' dich nimmermehr.

„Wer ist da?" rief er auf einmal in den Garten hinein.
Eine dunkle Gestalt unterschied sich halb kenntlich zwischen den
wirren Schatten der Bäume; erst hielt er es für eins der Marmorbilder, aber es bewegte sich, er ging rasch darauf los, ein
Mann versuchte sich mühsam zu erheben, sank aber immer
wieder ins Gras zurück. „Um Gott, Nicolo, du bist's!" rief
Renald erstaunt; „was machst du hier?" — Der Schloßwart
wandte sich mit großer Anstrengung auf die andere Seite, ohne
zu antworten.

„Bist du verwundet?" fragte Renald, besorgt nähertretend,
„wahrhaftig, an dich dacht' ich nicht in dieser Nacht. Du warst
mir der liebste immer unter allen, treu, zuverlässig, ohne Falsch;
ja, wär' die Welt wie du! Komm nur mit mir, du sollst herr-
schaftlich leben jetzt im Schlosse auf deine alten Tage, ich will
dich über alle stellen."

Nicolo aber stieß ihn zurück: „Rühre mich nicht an, deine
Hand raucht noch von Blut."

„Nun," entgegnete Renald finster, „ich meine, ihr solltet
mir's alle danken, die wilden Tiere sind verstoßen in den wüsten
Wald, es bekümmert sich niemand um sie, sie müssen sich ihr
Futter selber nehmen — bah! und was ist Brot gegen Recht?"

„Recht?" sagte Nicolo, ihn lange starr ansehend, „um Gottes willen, Renald, ich glaube gar, du wußtest nicht" —

„Was wußt' ich nicht?" fuhr Renald hastig auf.

„Deine Schwester Gabriele —"

„Wo ist sie?"

Nicolo wies schweigend nach dem Kirchhofe; Renald schauderte heimlich zusammen. „Deine Schwester Gabriele," fuhr der Schloßwart fort, „hielt schon als Kind immer große Stücke auf mich, du weißt es ja; heute abend nun in der Verwirrung, ehe's noch losging, hat sie in ihrer Herzensangst mir alles anvertraut."

Renald zuckte an allen Gliedern, als hinge in der Luft das Richtschwert über ihm. „Nicolo," sagte er drohend, „belüg' mich nicht, denn dir, gerade dir glaube ich."

Der Schloßwart, seine klaffende Brustwunde zeigend, erwiderte: „Ich rede die Wahrheit, so wahr mir Gott helfe, vor dem ich noch in dieser Stunde stehen werde! — Graf Hippolyt hat deine Schwester nicht entführt."

„Hoho!" lachte Renald, plötzlich wie aus unsäglicher Todesangst erlöst, „ich sah sie selber in Paris am Fenster in des Grafen Haus."

„Ganz recht," sagte Nicolo, „aus Lieb' ist sie bei Nacht dem Grafen heimlich nachgezogen aus dem Kloster."

„Nun siehst du, siehst du wohl? ich wußt's ja doch. Nur weiter, weiter," unterbrach ihn Renald; große Schweißtropfen hingen in seinem wildverworrenen Haar.

„Das arme Kind," erzählte Nicolo wieder, „sie konnte nicht vom Grafen lassen; um ihm nur immer nahe zu sein, hat sie verkleidet als Gärtnerbursche sich verdungen im Palaste, wo sie keiner kannte."

Renald, aufs äußerste gespannt, hatte sich unterdes neben dem Sterbenden, der immer leiser sprach, auf die Knie hingeworfen, beide Hände vor sich auf die Erde gestützt. „Und der Graf," sagte er, „der Graf, aber der Graf, was tat der? Er lockte, er kirrte sie, nicht wahr?"

„Wie sollt' er's ahnen?" fuhr der Schloßwart fort; „er lebte wie ein loses Blatt im Sturme von Fest zu Fest. Wie oft stand

46

sie des Abends spät in dem verschneiten Garten vor des Grafen Fenstern, bis er nach Hause kam, wüst überwacht — er wußte nichts davon bis heute abend. Da schickt' er mich hinaus, sie aufzusuchen; sie aber hatte sich dem Tode schon geweiht, in seinen Kleidern Euch täuschend, wollte sie Eure Kugeln von seinem Herzen auf ihr eigenes wenden — o jammervoller Anblick — so fand ich beide tot im Felde Arm in Arm — der Graf hat sie ehrlich geliebt bis in den Tod — sie beide sind schuldlos — rein — Gott sei uns allen gnädig!"

Renald war über diese Worte ganz still geworden, er horchte noch immer hin, aber Nicolo schwieg auf ewig, nur die Gründe rauschten dunkel auf, als schauderte der Wald.

Da stürzte auf einmal vom Schlosse die Bande siegestrunken über Blumen und Beete daher; sie schrien vivat und riefen den Renald im Namen der Nation zum Herrn von Dürande aus. Renald, plötzlich sich aufrichtend, blickte wie aus einem Traume in die Runde. Er befahl, sie sollten schleunig alle Gesellen aus dem Schlosse treiben und keiner, bei Lebensstrafe, es wieder betreten, bis er sie riefe. Er sah so schrecklich aus, sein Haar war grau geworden über Nacht, niemand wagte es, ihm jetzt zu widersprechen. Darauf sahen sie ihn allein rasch und schweigend in das leere Schloß hineingehen, und während sie noch über= legen, was er vorhat und ob sie ihm gehorchen oder dennoch folgen sollen, ruft einer erschrocken aus: „Herr Gott, der rote Hahn ist auf dem Dache!" und mit Erstaunen sehen sie plötzlich feurige Spitzen bald da, bald dort aus den zerbrochenen Fenstern schlagen und an dem trockenen Sparrwerke hurtig nach dem Dache klettern. Renald, seines Lebens müde, hatte eine brennende Fackel ergriffen und das Haus an allen vier Ecken angesteckt. — Jetzt, mitten durch die Lohe, die der Zugwind wirbelnd faßte, sahen sie den Schrecklichen eilig nach dem Eck= turme schreiten, es war, als schlüge Feuer auf, wohin er trat. Dort in dem Turme liegt das Pulver, hieß es auf einmal, und voll Entsetzen stiebte alles über den Schloßberg auseinander. Da tat es gleich darauf einen furchtbaren Blitz, und donnernd stürzte das Schloß hinter ihnen zusammen. Dann wurde alles still. Wie eine Opferflamme, schlank, mild und prächtig stieg das Feuer zum geftirnten Himmel auf, die Gründe und Wälder ringsumher erleuchtend — den Renald fah man nimmer wieder.

Das find die Trümmer des alten Schloffes Dürande, die weinumrankt in fchönen Frühlingstagen von den waldigen Bergen fchauen. — Du aber hüte dich, das wilde Tier zu wecken in der Bruft, daß es nicht plötzlich ausbricht und dich felbft zerreißt.